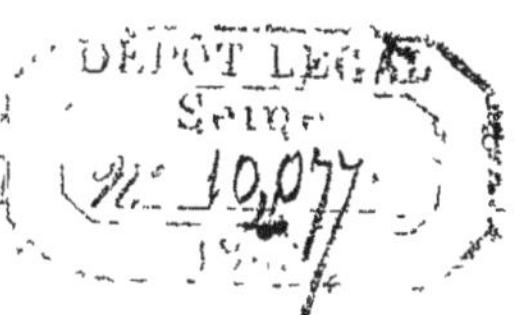

PROMESSE EST VÉRITÉ

1852-1862

POËME

PAR

M. ÉDOUARD DE GÉNÉRÈS

Ancien Rédacteur au Ministère de l'Instruction publique et des Cultes.

PARIS

TYPOGRAPHIE & LITHOGRAPHIE DE CH. MARÉCHAL

Rue Fontaine-au-Roi, 18.

—

1862

PROMESSE EST VÉRITÉ

1852-1862

POËME

PAR

M. ÉDOUARD DE GÉNÉRÈS

Ancien Rédacteur au Ministère de l'Instruction publique et des Cultes.

PARIS

TYPOGRAPHIE & LITHOGRAPHIE DE CH. MARÉCHAL

Rue Fontaine-au-Roi, 18.

1862

PROMESSE EST VÉRITÉ

***

1852-1862

***

Paris, urne féconde, où l'Europe attentive,
Puise les éléments d'une existence active,
Paris, miroir magique, aux reflets éclatants,
Vieux géant rajeuni, bravant la faulx du temps,
Ville d'enchantements et de métamorphoses,
Cycle d'or, champ d'amour, jardin couvert de roses,
Honneur à toi ! tes fils, justement orgueilleux,
Pourront dire, aujourd'hui : — Nous valons nos aïeux !

Car ces fils ne sont plus ce qu'ils étaient naguère...
Asservis sous les lois d'un grand homme de guerre
Pouvaient-ils se livrer à l'étude des arts,
Et répondre aux appels du dernier des Césars !

Maintenant que la Paix, Déesse hospitalière,
Ravive ses foyers, l'Europe toute entière
Elève des autels au Prince respecté,
Qui lui donne la gloire avec la liberté !

Et Paris, à son tour, improvise des fêtes,
Célèbre ses héros, et chante leurs conquêtes.
Et nous le retrouvons au pied du monument
Que la reconnaissance érige en ce moment !...

Oh ! que de spectateurs ! par centaine on les compte,
Suivons les flots pressés de cette mer qui monte,
Dix sentiers lumineux, tous peuplés d'arbres verts,
Nous conduiront au pied de l'enceinte nouvelle,
Où le génie humain à nos yeux se révèle,
    Dans ses enfantements divers.

Les anciens possédaient Phidias et Praxitèles,
Longtemps on a vanté leurs œuvres immortelles,
Mais ces deux créateurs ne sont plus sans rivaux.
L'artiste de nos jours, que leur modèle inspire,
Atteint à la hauteur du talent qu'on admire
  Dans leurs mémorables travaux.

Amis, empressons-nous autour de ces pylônes,
Fixons à leurs arceaux, guirlandes et couronnes,
Chargeons-les d'attributs, de drapeaux et de fleurs.
Voici venir le jour, où le peuple de France,
Tout palpitant d'orgueil, de joie et d'espérance,
  Applaudira ses travailleurs.

Tels que nos devanciers, les fils de l'ancien monde,...
Qui propageaient partout, sur la terre et sur l'onde,
Les noms qu'ils honoraient, soyons reconnaissants !...
De ces actes d'amour nous avons mille exemples,
Les Grecs et les Romains n'ont-ils pas eu des temples
  Où s'inscrivaient les noms puissants?

Chaque siècle est un livre aux pages héroïques...
En s'éteignant il lègue, à la postérité,
L'immortel souvenir des Noms patronymiques
  Dont il a tiré vanité.

Le nôtre, en expirant, laissera dans l'histoire,
Le souvenir d'un nom qu'illustra la victoire,
  Celui du Grand Napoléon !
Et près de ce nom là, nom qu'on aime à redire,
L'historien fidèle aura le soin d'inscrire
Celui de l'Empereur, héritier de son Nom.

Le premier fut semblable à l'ardent météore,
Qui, mesurant les cieux que sa clarté colore,
Trace au loin dans l'espace un lumineux sillon...
Napoléon le Grand laissa sur notre grève,
Un sentier, non fini, que la pensée achève...
  Et qu'elle achève sous son Nom !

L'homme qui releva son sceptre et sa couronne,
Comprend les saints devoirs, imposés par un trône,
Qui s'élève au-dessus du noble front des rois :
Le titre d'Empereur jette un éclat suprême,
Auréole que Dieu donne à celui qu'il aime,
  Quand il le met sur le pavois.

Quels devoirs à remplir !.. Dans le siècle où nous sommes,
Il faut un demi-Dieu pour gouverner les hommes,
Car le peuple de France, intelligent penseur,
Veut, s'il acclame un nom puissant et populaire,
Trouver en son élu, non-seulement un père,
      Mais un guerrier législateur.

Un Prince soucieux de notre gloire antique,
Qui sache en imposer, sage et grand politique,
A tous les détracteurs, jaloux du nom français ;
Ce prince est parmi nous, s'il est né pour la guerre,
L'exemple d'un passé glorieux, mais sévère...
      Tourne son âme vers la paix.

Et cependant son AIGLE, aux ardentes prunelles,
L'a déjà, plusieurs fois, entraîné sous ses ailes...
Il lui criait : — « Suis moi, comme l'a fait César !
« Ne te souvient-il plus que du moderne Alcide,
« Les bataillons sacrés suivaient mon vol rapide,
      Du Tanaïs au mont Cédar ?

« Qu'ils ont campé,. vainqueurs, sur ces plages arides,

« Bravant l'air qui dévore au pied des Pyramides,

« Et riant au désert, comme ils riaient au bal !

« Souviens-toi que leur chef, poursuivant sa carrière,

« M'a suivi, l'œil fixé sur sa noble bannière,

  « Au-delà des rocs d'Annibal !

« Va, suis-moi, comme à Lui, je te serai fidèle,

« J'ai vécu dans son Ombre, et j'ai dormi près d'elle,

« Ou plutôt j'attendais, couché sur son tombeau !..

« Il s'est levé ce jour de gloire et d'espérance,

« Qui devait m'arracher à mon lit de souffrance,

  « Pour me placer sur ton drapeau !

« Puis-je y rester longtemps sans qu'un cri de victoire

« Vienne frapper mon cœur, remettre en ma mémoire

« Ces combats de géants pour lesquels je suis né !

« Un peuple de héros n'a point de somnolence...

« J'aimerais voir le tien, suivre un char qui s'élance

  Lorsque le signal est donné !..

« Nous avons devant nous une plage africaine,

« Qui semble se jouer de ta loi souveraine ;

« Elle croit que ton aigle aura peur de la mer !

« C'est un défi... partons, prouvons à la rebelle

« Que déjà les Français, qu'elle se le rappelle,

      Ont brisé *les Portes de fer !!!*

« Nous y verrons encor ces guerriers intrépides,

« Entraînant après eux Gétules et Numides,

« Passer Icosium, *pour de nouveaux combats.*

« Je veux que l'oasis, au frais et doux ombrage,

« Ainsi que le désert, au funeste mirage !

      Redisent leurs joyeux ébats...

« Ils franchiront ces monts qui regardent Carthage,

« Leur voix retentira sur leur cime sauvage,

« Et jusque dans les champs où régnait Jugurtha,

« Ils reverront aussi les vieux sentiers de Bône,

« Et sur des tertres morts ce qui reste d'Hippône,

      « Tagaste, Madaure et Cirtha.

« On t'a dit que l'Atlas, aux montagnes rocheuses,

« Cachait, à nos regards, des tribus valeureuses,

« Que n'ont pu dominer les peuples d'autrefois ;

« Que l'assaut du Scénite, et le choc du Vandale,

« N'étaient pour ces tribus que la faible rafale

    « Qui passe et va mourir sans voix....

« Que le Romain, lui-même, un plus noble adversaire,

« Que l'enfant de l'Islam, avec son janissaire,

« Sont venus, à leur tour, et furent terrassés.

« Ces tribus combattaient pour leur indépendance,

« Et de leurs agresseurs, réduits à l'impuissance,

« Il ne reste à présent que des crânes brisés.

« Mais l'Afrique est française : il faut que le Kabyle

« Cède aux efforts puissants d'une tactique habile,

« Et ce que n'ont pas fait l'Arabe et le Romain,

« La France doit le faire !... Après la Kabylie,

« Je reprendrai mon vol vers la pauvre Italie,

    « A qui tu vas tendre la main !... »

Et tout fut accompli !... Gloire à la France altière !
A bon droit, nous pouvons chanter une bannière
Qui mêle à nos lauriers les palmes de la paix.
Ce mot, pour qui l'entend, devient une promesse,
Sur laquelle, aujourd'hui, se repose Lutèce,
      Ainsi que tout le ciel français.

Devant elle on s'incline, et toute haine expire,
Les peuples qui, jadis, sous le premier empire,
Se montraient, tour-à-tour, si jaloux de nos droits,
Unissent leurs couleurs aux couleurs de la France,
Naviguent bord à bord, fiers de notre alliance,
    C'est qu'ils nous aiment cette fois !...

Amis, fêtons ce jour. La flamme tricolore
Orne vos monuments que le bon goût décore.
Vous honorez six noms, il faut les acclamer.
Accourez, habitants des rives de la Seine,
Chacun de vous connaît le nom du PRINCE EUGÈNE
Il est cinq autres noms que nous savons aimer (*).

(*) Napoléon Ier, Napoléon III, l'Impératrice Eugénie, la Reine
Hortense et Joséphine.

De l'un d'eux, ô Français ! que l'âme est généreuse !
Tu ne l'as pas comprise à l'époque orageuse
Où la sanglante émeute envahissait Paris.
Un trône aux clous rouillés, presque réduit en cendre
Semblait surgir encor..... l'Ouragan de décembre
      En a dispersé les débris.

Et l'homme qui pensait, l'âme du paupérisme,
Debout et sans pâlir, devant ce cataclysme,
Parlait avec son cœur, sous ses deux mains pressé :
« — J'ai mission du ciel d'arracher au naufrage
« Ce peuple dont bientôt j'obtiendrai le suffrage
      « Lui qui me traite d'insensé !

« L'aveugle ! il ne voit pas ces têtes qui moutonnent...
« Têtes de rois jaloux qui dans l'ombre frissonnent
« Quand sa voix foudroyante a crié : — LIBERTÉ !
« Il ne se doute pas que la sainte alliance,
« Pour servir un traité, dicté par la démence,
« Veut d'un peuple géant, faire un peuple avorté !

« Il ne s'aperçoit pas qu'il s'égare et qu'il rêve!...

« — Sur le sol défoncé que son épieu soulève,

« L'insurgé, fût-il fort, n'est qu'un homme endormi...

« Car le pavé sanglant qui sert à sa défense,

« Vient toujours affermir le pied de la potence

  « Que lui réserve l'Ennemi!...

« Je ne suis pas le tien, peuple qui m'as vu naître!

« Prends-moi pour ton Mentor, ton Guide et non ton Maître

« *Le Droit divin des rois* n'existe plus chez nous.

« Je saurai maîtriser cet esprit versatile

« Qui fait d'un peuple fier un peuple au cœur servile,

  L'Hilote seul marche à genoux.

« Ta fierté, c'est la mienne! et tu dois la comprendre...

« Donnerais-tu ton ciel à qui voudrait le prendre?

« Rappelle-toi ceux-là qui te l'ont disputé...

« Mais ces temps ne sont plus; de quel droit, à quel titre

« L'étranger viendrait-il se poser en arbitre,

  Et t'imposer sa volonté?

« Français, n'as-tu pas vu les nations armées

« Par deux fois envahir nos rives alarmées,

« Nous broyer sous leurs pas, déshonorer nos murs,

« Entr'elles décider de nos destins futurs,

« S'enrichir aux dépens de la France endormie,

« Et la laisser ensuite avec son infâmie ?

« Oh ! pareil souvenir ne s'efface jamais,

« Il brûle triste et sombre au fond du cœur français ;

« Jours de honte et de deuil qu'enregistre la France,

« Vous ne renaîtrez plus si j'obtiens la puissance !

Il l'obtint, et depuis ceux qui doutaient encor,

S'inclinent, convaincus, devant son sceptre d'or.

Nos cieux rassérénés par lui, n'ont plus d'orage,

La grandeur du pays est due à son courage,

Nous marchons sur ses pas de progrès en progrès,

Et son char de triomphe est le char de la Paix.

NOTES

Du Tanaïs au mont Cédar.

TANAÏS, aujourd'hui le Don, fleuve de la Russie d'Europe; le Don prend sa source dans le petit lac d'Ivan-Ozéro, passe à Asov, à deux lieues de son embouchure, et va se jeter dans la mer d'Asov ou d'Asof, après un cours de 320 lieues. D'après les géographes anciens, le Tanaïs, fleuve de Sarmatie, affluent du Palus-Méotide, séparait l'Europe de l'Asie.

LE MONT CÉDAR, montagne de la Palestine, située sur les confins de l'Arabie et de l'Egypte. Souvenir de l'expédition faite en Syrie par le général Bonaparte, en 1799, et marquée par la prise de Jaffa, de Sour, de Nazareth, du mont Thabor, et la levée du siége d'Acre.

Au delà des rocs d'Annibal !

Allusion au passage du grand Saint-Bernard, montagne des Alpes, en Suisse, entre le bas Valais et la province d'Aoste ; sa hauteur est de 3,400 mètres. On dit encore *Passage du Simplon*. Du 15 au 21 mai 1800, le général Bonaparte franchit le Saint-Bernard à la tête d'une armée de 30,000 hommes, et cette entreprise a été justement regardée comme un des faits de guerre les plus extraordinaires des temps modernes.

Trois grands hommes ont acèbmpli cette merveilleuse ascension : Annibal, Charlemagne et Napoléon.

Annibal, en l'an 216 avant Jésus-Christ, selon Tite-Live.

Charlemagne, en 773 de notre ère.

Napoléon Ier, en 1800.

L'Empereur Napoléon Ier professait la plus haute admiration pour le génie d'Annibal. « De cet homme, dit-il dans le *Mémorial*, le plus au-
« dacieux de tous, le plus étonnant peut-être, si hardi, si sûr, si large
« en toutes choses, qui, à 26 ans, conçoit ce qui est à peine concevable,
« exécute ce qu'on devait tenir pour impossible ; qui, renonçant à toute
« communication avec son pays, traverse des peuples ennemis ou in-
« connus qu'il faut attaquer et vaincre, escalade les Pyrénées et les
« Alpes, qu'on croyait insurmontables, et ne descend en Italie qu'en
« payant de la moitié de son armée la seule acquisition de son champ
« de bataille, le seul droit de combattre ; qui occupe, parcourt et gou-
« verne cette même Italie durant seize ans, met plusieurs fois à deux
« doigts de sa perte la terrible et redoutable Rome, et ne lâche sa proie
« que quand on met à profit la leçon qu'il a donnée d'aller le combattre
« chez lui. »

Celui qui parlait ainsi ne songeait pas alors que le juste penseur, l'historien impartial et fidèle, pourrait établir une merveilleuse analogie entre les hauts faits des quatre noms consacrés par l'histoire : *Annibal, César, Charlemagne* et *Napoléon Ier*.

Passer Icosium pour de nouveaux combats.

ALGER (*Icosium*), en arabe *Al-Gézair*, sur la côte de la Méditerranée, capitale de l'ancienne Régence de ce nom, existait du temps des Romains, aujourd'hui chef-lieu de département.

L'ALGÉRIE comprenait, sous les Romains, la Numidie, la Mauritanie césarienne et sitifienne (aujourd'hui l'empire du Maroc) ; occupée tour à tour par les Vandales, les Arabes, placée au commencement du sei-zième siècle sous la domination de la Porte, et plus tard indépendante, sauf un tribut, de l'autorité des sultans, l'Algérie, après avoir été un repaire de pirates, fut conquise par les Français, qui y débarquèrent le 14 juin 1830. Après vingt-cinq ans d'une lutte opiniâtre soutenue par les indigènes, l'Algérie est aujourd'hui assimilée à la France. La sollicitude incessante du gouvernement de l'Empereur Napoléon III promet les plus brillantes destinées à cette France africaine.

CARTHAGE, ville de l'Afrique ancienne, rivale de Rome. L'une des cités les plus commerçantes de l'antiquité, sur la côte de Tunis, au fond du golfe de ce nom, fondée vers 840 avant Jésus-Christ, par une colonie de Tyriens, et détruite par Scipion, général romain, en l'an 146 avant Jésus-Christ.

Et jusque dans les champs où régnait Jugurtha.

JUGURTHA, roi de Numidie, de 119 à 106 avant Jésus-Christ, soutint contre les Romains une guerre sanglante où il déploya une grande habileté ; mais vaincu deux fois par Métellus et Marius, il se réfugia chez Bocchus qui régnait alors à sa place ; ce dernier le livra à Sylla, 106 avant Jésus-Christ ; conduit à Rome, on le fit mourir de faim dans un cachot qui, dit-on, existe encore. La *Numidie*, ancien royaume d'Afrique, au nord, entre l'Afrique propre et la Mauritanie. La partie occidentale de la *Numidie* fut réunie par les Romains à la Mauritanie ; le reste conserva le nom de *Numidie*, et devint une des trois provinces d'Afrique, puis une des cinq provinces du diocèse d'Afrique, dans la préfecture d'Italie. La *Numidie* forme aujourd'hui l'*Algérie*.

Tagaste, Madaure et Cirtha.

TAGASTE, aujourd'hui Tagilt, ville de Numidie, à l'Est, patrie de St-Augustin, évêque d'Hippône au commencement du cinquième siècle.

MADAURE, ville d'Afrique sur le Bragadas, patrie d'Apulée, écrivain latin et philosophe platonicien du deuxième siècle.

Cirtha, capitale du royaume de Numidie, située près de l'Ampsagaš. Cirtha ou Cirta était la résidence des rois de Numidie. César, l'ayant prise, y établit un chef de partisans nommé *Sittius* d'où elle fut appelée *colonie des Sittiens* ; ruinée vers 311, elle fut rétablie par *Constantin-le-Grand*, et prit le nom de Constantine, qu'elle porte encore aujourd'hui.

Bône (Algérie), est aujourd'hui une petite ville de guerre de deuxième classe et chef-lieu de cercle militaire, heureusement située sur la Méditerranée, près des ruines de l'ancienne Hippône. A l'ouest de Bône sont les grandes forêts environnant l'Edough, montagne à la cîme âpre et sauvage.

L'Hilote seul marche à genoux !

Hilote, habitant d'Hélos.

Les Hilotes ou *Ilotes*, furent réduits en servitude par les Spartiates, qui étendirent le nom d'Hilote à tous leurs esclaves.

La population de Sparte ou Lacédémone, ville et république de la Grèce antique, était divisée en trois classes : 1° Les Ilotes ou esclaves, 2° les Periœques, race étrangère mêlée aux indigènes, établie en dehors de Sparte, dans les campagnes et les villes de la Laconie, 3° les hommes libres ou citoyens de Sparte.

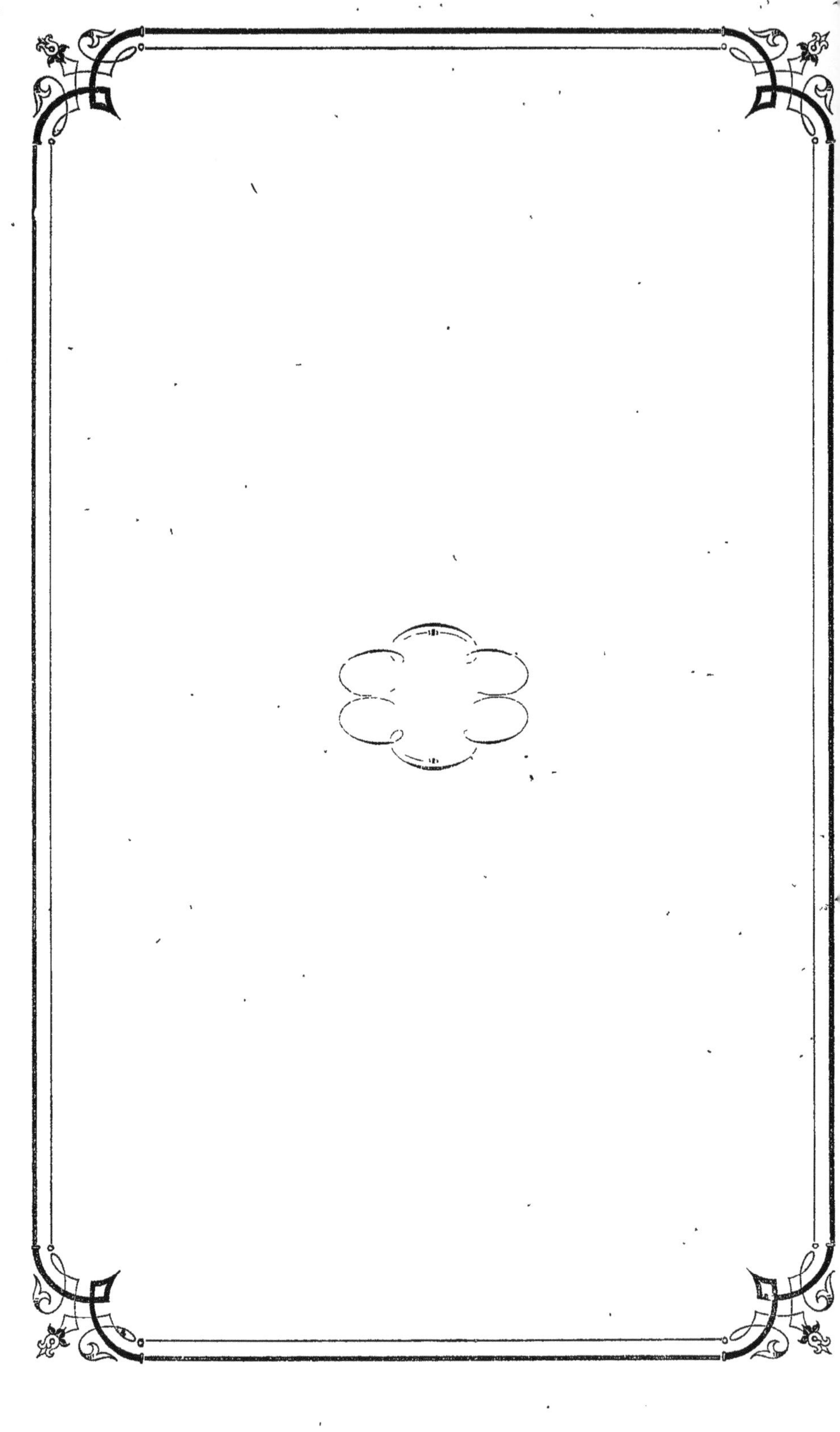